アマタイ句帳

天沢退二郎

思潮社

アマタイ句帳

天沢退二郎

思潮社

啓子へ

装幀・装画　マリ林

アマタイ句帳

1998

冬の月

谷間《あい》に蠣殻焚いて人を焼き

草の散るなべに渡鳥の急降下

さざんかさざんか散って石炭袋

初冬に納豆染みたるワイン飲む

百合の反乱われは一人も殺さざりき

雪に次ぐ雪の夢見てゆき倒れ

水仙の芯に糸引く涎かな

女操縦士のよだれひとすじ飛行機雲

秋日に水星沈む糸引いて

金策も尽きて澁々柿を剝き

金輪際《こんりんざい》冬の尽きたるコロナかな

冬の月北斗七星踏みしだき

夜の鳥霜土に三本足を曳き

壇の浦の冬クレティアン命《いのち》尽き

ふりむけば血滴氷をうがちけり

（「蜻蛉句帳」1号、一九九八年八月）

針千本

罪無きも罪あるごとし葉鶏頭

髪落つるひとすぢごとの台風《ティフォン》かな

台風近し猫ら変身して空を飛ぶ

罪秘して綿毛と散れりおきなぐさ

罪問へばそそくさと蜻蛉《トンボ》飛び去れり

むかご噛めば地球のつぶれる音がする

袈裟懸けにけさちるごとく尾花散る

袈裟懸けに銀杏プリズム両断す

梨ひとつスパリと割れば腐芯かな

腐れたる心を抱いて梨熟るる

口ほどもなき台風かなクラッカー

傘差すも差さぬも阿呆雨台風

長すぎる髪切らせてよ雨台風

突風に鰊背負って夜逃げかな
トウガラシ紅葉も泣いて時雨……
針千本呑んで冬を漕ぎや渡るべき

（2号、一九九八年十月）

本文と註（冬の章）

本文秋のまま註に雪降るらし

註淫すれば本文を冬去らず

鈍器註すれば本文の氷柱砕く

本文寒し地下納骨堂《クリプト》に註を彫る

冬の本行間に註のこだまして

1999

註註とタコ飼いならす冬の本

註註と呼べば本文に蟻の匍ふ

註註と鼠啼き本文行間の寒き

註註と本文に谺して春いよよ遠し

註註註註註註と冬の風

註註とタコのうるさい冬の本

ヴィヨンのやつ風邪もひくべしおらが註　（3号、一九九九年二月）

本文と註（春の章）

春一番去って脚註散乱す

春の嵐本文の字も乱しけり

註を食って冬生き延びた紙魚も居て

乱れ立つ註かき分けて春いづこ？

註と来て註と汁《つゆ》出る凍み豆腐

本文に蕗の芽ピチと割註す

脚註を透かせば眩し菜花畑

初鰹註読むごとくツマを食ふ

註註と音立てて食ふ初鰹

註の脚乱して春の速さかな

註再校待つ本文に春未だし

春寒に註降りこぼす小枝あり

註春眠本文ずるずる遁走す

註乗せてお花見特急追ひすがれ

本文ばかり悶々として春は逝く

註は祈るサンタマリアとマグノリア

辛夷《こぶし》咲いてヴィヨン訳本文脱稿す
こぶし散りヴィヨン訳註先遠し

（4号、一九九九年四月）

疾中吟他

◆四月九日、心臓発作、入院す
花吹雪救急車大きく旋転す
行く先は天知る地知る花吹雪
病院の夜桜動悸おさまらず

病院地下夜汽車貫通春嵐

◆本文と註（春から初夏）

陽炎に註揺れ揺れて清書できず

註、註、と　苦吟すれば猫落ち着かず

春の鳥な鳴きそ割註くはへたまま

桜餅食ひすぎて胃袋註と鳴り

春の雨尿《しと》尿《しと》尿《しと》尿《しと》尿《しと》と

春雨に脚註しとどふやけけり

書けたのは註ぐらゐなりおらが春

五月日和《びより》訳註遅々《チチ》と捗らず

註書く窓辺にヒヨドリ来てチチと嘲笑ふ

◆convalescence（千葉公園）

躑躅《アゼリア》の悪意紅花突出《とっしゅつ》す

タンポポの冠毛吹いて吹き飽かず

なぜかくも憎さげに散る花冠毛
悪魔未だ春眠醒めず蓮華亭
蓮池や踏み出す鼻に悪魔かな
「ツヴォイトビチャ」鳥啼き黒揚羽水面《みのも》飛び

（5号、一九九九年六月）

悪魔と蓮他

◆悪魔と蓮

花開き悪魔乗り込む蓮華亭

窓ごしに蓮見る悪魔青眼鏡

蓮沼を自転車《チャリ》で立ち去る悪魔かな

蓮の花散り悪魔の髪も刈られけり

蓮の実の悪魔孕んで梅雨滋し

蓮畑悪魔懐胎花期終る

蓮莖の揺れて蛙の密事《みそかごと》

蓮揺れて悪魔の子らの密会《デート》かな

◆本文と註（夏の章）

本文からにじみ出る汗異本文

行間を異本文シャワーどっと降り

異本文《ヴァリアント》腑分け怠る夏の猫

おどろくな異文畑に花が咲く

註を背に乗せて本文の騎馬戦

枝に葉にしげれる註の暑さかな

（6号、一九九九年八月）

本文と註（秋・終章）他

註書けば朝霧深し尼僧の窓

註から註へ古錢ころがる夜寒かな

註を待つ写本らささめく閲覧室

早い秋に羊皮紙ささめき立ちにけり

catalogue の古註に虫のすだきかな

霧深し修道院奥に本文眠りゐて

朝晩は冷えて本文の震ふ音

本文ら声も立てずに秋来《きた》る

註漁《あさ》る学者ら去りＢＮ＊に秋深む

＊パリ国立図書館の略称（べーエヌと読む）

註書くや修道院の鼠塚

＊

秋枯れの蓮傲然とのけ反《そ》れる

秋の蓮踊りの稽古に気が乗らず

腐れたる杭に怨みの夏終る

杭朽ちて怨みあらはに秋の水

秋枯れの蓮田に烏天狗二羽

秋の雲飛べば鳥でも飛ばぬ花

（7号、一九九九年十月）

彼岸花・きりぎりす

ひがむのはよせよ隣の彼岸花

ひがんでもひがまなくても彼岸花

彼岸でもひまがなくても彼岸花

絶望して回らぬ風車彼岸花

山姥の髪飾りかよ彼岸花

佯狂の疑ひもあり彼岸花

駈け抜けよそれ彼岸花林立す

れれれのれれれの字束ねて彼岸花

夏花火凝《こご》って今は彼岸花

ひがむのはよせと隣の彼岸花

＊

きりぎりす泡吹《あぶ》くは他人《ひと》の為ならず
きりぎりす盲ひて夢の七変化
よさんかい何故に塩吹くきりぎりす
「地の底より泡吹《あぶ》き昇る」ときりぎりす
活断層はじけて死なんきりぎりす

断崖《きりぎし》にきりぎりすとて墓銘欲し
断崖にきりぎりす跳び雲遠し
きりぎりすバイクとなって海を跳べ
何事も塩吹くだけかきりぎりす
こほろぎに声盗られしかきりぎりす
そんなこと口惜しからずときりぎりす

キリギリスキリギリスとて声も枯れ
お前には愛想尽きたぜきりぎりす
お前にも愛想尽きたときりぎりす

（8号、一九九九年十二月）

2000

牡蠣と柿 他

牡蠣鍋を前に冷たき柿を食ふ

牡蠣鍋に浮ぶや柿の皮の舟

牡蠣食へば舌《タン》と鳴るなり自鳴鐘

牡蠣牡蠣と呼べど答へぬ吊し柿

牡蠣牡蠣と呼べば微かに柿顫ふ

（バカだなあ呼ぶと顫へる吊し柿）

牡蠣食へば枯野を白き霧の這ふ

＊

耳にねじれ込むスクリューベル枯葉飛び

十一月《しもつき》は赤き船にて水星へ

誰かしら冬の夜に来て夜を哭く

差向ひ男にさわる冷たき爪

船二つ空の氷を砕きけり

差向ひ女にさわる熱ある手

哭く卵は熱し霜夜を如何にせん

十一月は緩きソックスの温《ぬく》みかな

＊

柿の灯も消えて術《すべ》なき鴉かな

老いの庭たのむ柿の灯照らさでよ

柿の灯を吊って踊るか女獅子

明け空をちんちんと鳴る柿の星

茄子切れば銀河七粒まっぷたつ

茄子切れば銀河かたどる刃のこぼれ

茄子切ればへ、た、に神々隠れ居り

茄子くらゐ切らずに黙っていただけば？

茄子抱いて空とぶ魔女もあるとかや

茄子の実のゆれて歌姫の御帰館

（9号、二〇〇〇年二月）

図星抄他

どくだみの花は薬効《ききめ》の図星かな

葱坊主中はびっしり黒図星

図星刺せば葱坊主の怒り膨満す

ひなげしの図星に女王《スター》惑乱す

黒丸の星座を渡る夏の河

図星踏む神ありや夏の地雷原

梅雨空を透視《すか》せば満天図星かな

図星見て河は渡らず苺喰ふ

苺噛めば図星プツプツ粉砕す

星に月に図星索めて短夜尽き

青き水滴《したた》って図星うすれ行く

図星うすれ弓矢は捨てて夏に立つ

北極星遠く去り花は図星とや

＊

少女神降り立つ沼のかきつばた

薔薇園を鳥の大なる影走る

宴《うたげ》　去り風にさらばふ花は地に

花散ってさらばふ詩句となるべきか

＊

青白き図星きらめく薬草畑

秘め恋を春雷轟《ガウ》と図星かな

（10号、二〇〇〇年六月）

本文と註・校了篇

修羅の夏校正紙いづくんぞ耐えしのぶ

校正の台風三度び通過して

本文を切れば返り血註へ跳ね

本文の蹴出し真赤にひるがへり

猛暑中蟹再校《カニキュール》に跳梁す

本文の土壇場改変に註怒る

註はいいわよあたいはどうよと索引も

まあまあと本文笑って団扇かな

にんまりとしかし背中は滝の汗

今更に本文→註の格下げか！

本文と註差別きわまる土用かな

脚註を洗う土用波目にしみて

溜息やビブリオグラフィ長々と

列島は夏校了へ野分かな

蓮池に誤植幻想振り捨てて

校了へ鴉スキップして去れり

（11号、二〇〇〇年八月）

青紫蘇《アヲジソ》と銀河

虫に喰はれ辛くも紫蘇の穂立ちかな

驟雨《カダチ》降る青紫蘇の穂を傾けて

紫蘇の穂に微かに朝の虹射せり

紫蘇の穂に砂粒キラと雲母《キララ》めき

青紫蘇の花をピアスに夢乙女

紫蘇の実を曳き行く蟻の歌聴けり

青紫蘇は巫者か諸天を指さして

紫蘇の穂を懸けたるごとき銀河かな

紫蘇の実と地球と孰《いづ》れを噛むべきか

紫蘇の実よ噛みつぶされて成仏せよ

仏舎利を噛む覚悟にて紫蘇を噛み

醤油皿に紫蘇を零《こぼ》せる天の川

紫蘇の葉の産毛《うぶげ》せつなき奴豆腐

紫蘇の葉に包まれし赤身の哀し

紫蘇散って銀河に秋の深まれる

（12号、二〇〇〇年十一月）

無題

夜の海はなくてただ黒い苺

雨霽れたと外へ出れば小暗き冷霧

からごろも着てみて見てみ冬の雲

段ボール燃やしても胸の氷融けず

仕方なや柿食って星となり申す

月見かと思へば虫の法事かな

北向けば北風東向けば東風《こち》

スクールゾーンへ入って北風ややゆるみ

出すぎた真似するなよドドドッ!と豪雨

明け烏柿食って嘴を歪め居り

村上善男展の印象

木の虫に蟹の甲《カブト》の紅囚屋《ヒトヤ》

圖の中を冬虫ひそと馳せめぐる

(13号、二〇〇〇年十二月)

Annelida 他

《「あれはやっぱり本当のことだったんですねえ」と渠《かれ》言へり》

冬ハ疾《ト》シ林ヲ蹴ッテトビ去レヨ

寒気団納豆の糸で吊り下がる

冬は怖し杭毎に鷗の伏せり居り

＊

2001

冬葱をぷつりと断《き》れば環形動物《アンネリダ》

大空を凍れる海鼠《ナマコ》渡りけり

桃汁に凍れる海鼠やはらぎぬ

海鼠融けて円環体の銀河かな

八角の鯨に跨がり冬の夢

谷津田行く鯨どぜうの夢破る

冬眠の蛙に鯨動転す

枯れ蓮に八角形の日影揺れ

八角の落し蓋して牡蠣の粥

大寒や猫はちくわの穴に寝る

あざなひて果ては笛吹く天の川

紅一点にんじん?トマト?唐辛子!

黒一点黒豆図星備長炭

*

冬ハ疾《ハヤ》シ雪ノ林ヲ蹴リユケリ

（14号、二〇〇一年三月）

蒲公英《たんぽぽ》づくし

蒲公英のタンポポタンポポ鳴る夜かな

タンポポの根の切り口に蟻が住み

武装して蟻の出てくる春の孔

タンポポの茎の苦味の堪え難き

タンポポの乳で育ちし鬼子たれ

乳の出る草あれば母はなくてよし

タンポポの根切り虫かよ人の子は

タンポポの花はどうして黄色ぃの？

黄色でないタンポポはみな死んだのさ

幻の紅タンポポの恋しさよ

タンポポと踊り明かした夜もありき

タンポポの剣をあなどることなかれ

なよらかにタンポポの剣は身をえぐる

タンポポの剣のしとねに鬼女は棲み

タンポポの花は一夜で髑髏杯
タンポポを吹けばとびちる髑髏かな

（15号、二〇〇一年六月）

いなく者ら他

ピッチャーは船を装ひていななけり
汝《なれ》は果して空しく夜の種子蒔くか
木の橋を踏んで彼方へわたる気か

蛙《あ》声絶えて木の橋僅かにきしみたり

木の橋をこえて夏こそ来りしを

投擲を終え競技者《アスリート》いななけり

＊

夏秋のせまき境の法師蟬

枯れ萎えて鳥に秋波の蓮葉かな

おぞましや一本さわぐ蓮の茎

蓮の花萎え子育ての杭残る

何の木か花散るごとく一家離散

つくつくとはふしせみなきなつゆけり

たけひくき百合踏むごとく影を踏む

地にちかき百合にひと粒泥雫

年甲斐もなきや残暑に緋をまとふ

台風一過女高生歴然と腿ふとし

（16号、二〇〇一年十月）

MLB雑感他

ピッチャーは鯨刺すさまにおらびけり
牛蒡《ごぼう》のごとく補手は臀下に根を生やし
刺殺のたび野手の心は痛まずや
一塁手は補殺のたびに拝《おろが》むを
クリーンアップは三本の椿かな

2002

盗塁王心に一点の疚しさなきや

守る塁なきをショートのたよりなき

秋日に右翼手の影ながながし

背走する二塁手に引退の冬せまる

背走する中堅手に敗北の冬ちかし

邪飛《ファウル》捕る左翼手《レフト》に軽蔑の秋の風

ベース際ゴロ抜け三塁手《サード》の脇さむし
ＮＹ球場テロリストの霊もさまよふや

＊

黄葉降るを満天星《どうだん》紅葉《もみじ》小揺るがず
落葉蹴って烏ら七輪の火をめぐる
山茶花の悪意さながら立ち竦《すく》む

亡霊のごとく落葉雨《ふ》る

この地球果たしてこの冬を越しうるや

さると言ふさらぬとも言ふ冬の月

餌を奪ひ合ふ水鳥の冬来たる

散り尽し銀杏越しなる銀河かな

富士すらも見えぬに何ぞ冬銀河

ポケットに悪意を秘めて野火を焚く

（17号、二〇〇二年一月）

新発田再訪他

葉桜は何祈りてか俯向ける

葉桜は母恋ふごとく枝を垂れ

葉桜の物乞ふごとき枝垂《しだ》れかな

菜の花に隠れ地蔵はよだれかけ

春一番烏賊の骨をば張りわたす

春烏賊は墨天心に吹きちらし

すがめにて目線たゆたふ鰺の首

栗の実の宇宙が虫食ひ穴を漏る

桜花弁いちれつ道を馳せゆけり

◆新発田再訪

残るてふ油井なくただ雪の山

「神霊」の居並ぶ墓誌の早春譜

本堂前諸代と同じ記念写真

母の骨にどっと降り来る彼岸雨

納骨を了れば春雷とどろけり

◆水原、瓢湖にて

八の字に水脈《みを》引き鴨らかけちがふ

◆蕗谷虹児記念館

少女愛の夢ひた護り居る石の城

（18号、二〇〇二年六月）

セミと酸漿《ほほづき》他

林中にほほづきのごとく蟬鳴く

木々はみな蟬のほほづきを吊せり

墓地に入れば却って蟬ら遠去かる

美少女のほほづきギュギュと鳴せしか

少女口中銀河たまらず軋《きし》みけり

樹々は夏きしみ鳴く実を吊るすらし
フランスはシガルシガルとセミ鳴くも

◆福井県小浜なる霊松山発心寺に詣づ。

のちの世も後瀬《のちせ》山麓発心寺
義父母眠る竹の雫の蔭にして
のちせより松葉雨《ふ》るゆゑ霊松山
つくつくと法師唱へて発心寺

法師のみかミンミンゼミさへ発心寺

*

セミ鳴けば銀河かすかにきしみ居り

或いは

セミ鳴くは遠き銀河のきしみかな

（19号、二〇〇二年十一月）

立秋まで

爪伸ばす傷心のネギ裂くために

ネギを裂くごとくに過去を裂きおろす

さくさくとしかし裂かずにネギねぶる

ネギ裂いてカッターの刃もねぶるべき？

空心菜《くうしんさい》ひと吸ひごとの寿命かな

◆空心菜、油菜心とも云ふ。炒めて美味なり。

2003

ツユクサの花一片や空の青

皿も毒もパセリの葉にて拭ひけり

いづくんぞ肉はパセリで祓ふべき

居眠れる学生にトンボよとまれ

小鼠の剣士か紫蘇をくはへたる

紫蘇の葉を敷いて鼠の剣闘技

昼顔咲く金網ごしの殺《コロ》シかな

花ふたつ残して蓮華亭清掃中

南無妙法蓮華亭に秋立てり

（20号、二〇〇三年八月）

カムフラージュ他

◆以下の九名《ナイン》、野球チームとは世を忍ぶ仮の姿也。

ピッチャーは冬田の狼　息白し

葉枯らしの翼ふりかざす一塁手

辛酸を嘗め過ぎ捕手の下痢やまず

飛蝶てふ三塁手《サード》ピンにて留められき

あまりにもペンギンゆえ右翼手《ライト》身じろかず

冬寒に遊撃手コホロギ跳躍す

邪飛を捕る名人左翼手《レフト》憎まれて

二塁手は殺人ゴマ崖をかけ下る

モグラ追ひし山裾の中堅手《センター》いまいづこ

＊

雨食足りて蛙も鳴かずば食はれまじ

沖縄のセミケラケラと工事中

ネギの茎ゆらゆらゆらゆらと裂きぬべし

黄葉のベンチに頬をかたむけて

樹下学生祈れるごとく眠り居り

（21号、二〇〇三年十二月）

烏合抄

冬の月つかみ損ねて阿呆烏《ガラス》

入試の朝門上一羽大烏

巨樹中央王ぶる烏に冬陽差し

みな烏みな烏と云ふ冬鴉

みな烏みな狂へりと墓地がらす

2004

枯枝に鳴かず飛ばざる烏かな

とつぜんに水散らす鴨のヒステリヤ

烏なら烏と同衾《ともね》せうこの寒夜

早春の烏な鳴きそ陽が眩《くら》む

夜行列車の通路を鴉が駈けて行った！

俳句にはならぬぞゴミ集積所の烏

烏なむ竹輪の友となせりける

雪の門《と》を叩けど応えぬ烏《う》合宿

枇杷の実をくはへ途方に暮れ鴉

橋の上独り朱欒を突き烏

枯枝に最後の柿しのび泣き烏

空爆を今更懐しむなよ、　鴉

空爆は真赤なリンゴだったと烏

烏のくせに経読み飛ばざる軍師烏

（22号、二〇〇四年三月）

雨フルカ？

仰げ豚冬陽もこれで見納めぞ

仰げ豚揚げ蓋の縁より朝日射すよ

霧滋き悪魔の袋の毒なすび

朝となく昼夜となく霧滋し

泣きながらメロンころんで一ツ星

泣き虫はメロンころがし海に落ち

赤肉のメロンあまりに血腥き

台風近み大雲ら次々撤収す

ビン・ラディン風ひげの大雲崩るる乎

昨夜《よべ》の蕾朝は開けどまたつぼむ
つぼみ咲きつぼんでは散る蓮の花
台風の夜は赤衣の幻姫訪ふ
シヨンシヨンと鈴を鳴らして野分過ぎ
あぢさゐを切れば雨フル雨フルヨ
花の首切れよ雨フル雨ガフル

（23号、二〇〇四年七月）

秋雨秋月

罪と蛾はいづれ陰火に集《たか》り来る

卒塔婆に姥のゆらぎの彼岸花

薄髪のゆらぐ鏡や彼岸呆け

竹垣に天ぷら植えるとぼけ百舌め！

ぼけ呼ばはりされてくやしいはぐれ百舌

茄子の舟危《あやふ》く渡るみそさざえ

秋の月生けるものとしか思はれず

生けるまま裂かれし鮭の荒煮かな

無残やなぶつ切り鮭の隙間風

名月を黄泉帰りの魚の眼に読めり

秋市場ゆかにうごめく魚の霊

秋雨に人形店暗く眼をとざし

仏閣GS人形店秋雨前線下

秋雨前線渋滞して黄なる光はかげもなし

分離帯に誰が供えしか彼岸花

◆某日某席

黄八丈いななくごとき祝辞かな

◆以下前号補遺

首切りし女児に雨フル雨ガフル

煙草吸ふ娘《ジャウ》の背中の黒子《ほくろ》悲し

逝く雲や豚の頭《カシラ》のしるしかな

眼力《ガンリキ》のとぼりゆくかも秋の雲

乱世の名残り川また濁り河

（24号、二〇〇四年十月）

飛ぶ月、飛ぶ舟、汽車も

荒月夜燃ゆる舟飛び去りゆけり

新月や去るも去らぬも地獄行

天狗焼く美女ら秋めく黒帽子

顎引いて乙女天狗焼き運びをり

秋さびや林檎酒《シードル》にがく泡立てる

2005

シードルの渋き飛沫《しぶき》に咳《しわぶ》けり

猫轢ける車を霊魂追ふを見る

暁天の氷裂く舟牛の漕ぐ

寒天を裂き降る血紅の初日の出

子ら寒き信心心底《しんそこ》浅かりし

◆北国より帰り来る

汽車飛んで雪のさなかの銀河かな

醤油皿ゆるくすべりて落ち銀河

寒中のゴルフ場ネット幽霊鬼

きみ恋ひし日は遠き冬夜行列車

都近し歯軋りして冬の夜行列車

（25号、二〇〇五年二月）

鈴懸三昧他

蒼空に去年《こぞ》の鈴かくも懸けたるを

去年の鈴ここだも黒く無言なる
春空に文字漂ふごと鈴懸かる
鈴懸けの名こそしるけき春一番
ポンポンと弾みくるらし鈴小鳥
天知るや鳥より堅き黒き実を
鳥知るや天より堅き実の春を

鈴懸けは春には銀河団のうつしとや

春一番鈴懸けネクタイきつく締め

◆妻花粉症なれば、幾月、戸を締め切りて籠《こも》り居たり。

花粉噴く杉は怒りの神楽かな

花粉吐いて吐き尽したら月を見む

細すぎる杉の梢の春の月

花粉噴霧して自業自得の峠みち

灰神楽かと思ひきや杉花粉

源《みなもと》の大将も笛吹き難き杉花粉

ヤマメ焼けば鼻に詰りし花粉かな

（26号、二〇〇五年五月）

滅多句集

（一部「ウェッブ」誌発表作の異稿を含む）

九死得て一志も成らず鯉昇る

九十九句並べて夏の雑魚寝かな

苦吟する河童も笑へホトケの座*

*この種今ホトケノザと称すといへども、春の七草中の其の品とは全然別にして、これをその如く認むるは明かに誤りなり。（牧野日本植物図鑑より）

縞ホッケあぶって何のメタ発句

ヤマメの斑《ふ》に錐刺すごとく発句せよ

殺せし魚に添ひ寝の夜の発句かな

多方向的風荒ぶ中を餓鬼走る

化粧濃き男泣く女走る餓鬼

唐辛子鼻にピアスしてトンボ釣り

九字余れば十七文字のかくも遠き

字余りを削る苦楽こそ句醍醐味

字余りを切れば血の出る蓮華吟

後生だから七輪で炊いてよ五目飯は

夏ふたたび山菜苦肉の混ぜ御飯

（27号、二〇〇五年八月）

冬近し他

さなき谷さびしき杣の初音狩

胡麻と牡蠣食ってあやしき初夏となる

お雷神《なりがみ》釣るか屋上にニシン干し

鞄つかむ夏着少女の指つよし

太平洋めぐるベルトの回転寿司

細すぎる腕をさらして蝶が泳ぐ

ふとき腿をさらして金魚重げなり

幽霊のごとき木影に陽を避けて

世は乱れ夜も乱れて月は出ず

見せばやな星斬る剣《つるぎ》夏雲に

悲しきは紅葉おろしに浮く魚眼

神のみぞ知ると菊より涙かな

しめじ詠む句も出来ざるに夜水とぎ

又三郎大寒《おおさむ》峠に行き暮れて

六十路来てさて越えがたき晩秋《ひぐれ》坂

藁塚もなく休耕田のうそぶける

Vの字を崩して雁ら落ちゆけり

毬藻の如き便出たわよと妻の云ふ

髪長き小春日を黒張りの傘が行く

暮れ行くや華やぐ女《をみな》の影暗し

初霜や目赤き女とすれちがふ

霜の朝資本論読む男とすれちがふ

ジャズ降って喫茶店《サテン》のトイレあたたかし

黒背裏背負《リュック》へる老女よ冬近し

死ねばとて誰《たれ》か死せざる冬近し

いずくんぞ蓮一葉《ひとは》のみ紅葉《もみじ》せる

（28号、二〇〇五年十二月）

2006

無季句抄

＊季語は俳句の要諦《かなめ》の一つなりとは、万々承知の上ながら、たまさか無季句の生じることは避け難く、また必ずしも忌むべきでなく、無季必ずしも無機でない。ここに一束、特に摘みあつめて壺に挿し、ごらんに供することにする。（有季句も一、二混入す）

赤トウガラシの会議は風に揺れながら

ハゲタカも鹿も会議は踊るてふ

野良猫の会議は耳にこそばゆし

鷺飛ぶや今日は誰をか鴨にする

おどかして御免な会議中のオナガたち

夜通しの会議終り虎ら立ちあがる

蓋取れば会議中の茶葉らシーンとす

満天星《どうだん》は死体佇立のすがたかな

銀河群は10億年越しの会議中

たなごころ天へ向けて未だ雨降らず

黄の塔に鳥二羽激しく鳴くを見き

半ぺんをあぶればオリオン南中す

キャリヤ曳く旅の娘の脚さばき

供養せんと茸を断てば蕎麦ぬるみ

鶏供養にと卵を断てば（ホッホッホッ）肉熱し！

化粧濃き男ふたりに薄陽差す

孤高なる鷺爪楊枝のごとくなり

（29号、二〇〇六年三月）

暗春考

凶暴剤呑めば戦争が立ち上がる

黒ネクタイ手に巻いて田畑に平安を

船を担《かつ》ぎ丘に登るか蟻の教祖

黒人風に髪編んで輝く五月娘

星は降る五月真昼の蟻の井戸

この五月少年少女みな黒衣

五月晴れひとら黒衣がよく似合ふ

蓮浮葉プルプルふるふ金剛石《ダイヤモンド》

泥池に浮葉ダイヤを乗せて馳せ

＊

赤トウガラシの身にも春機は知られけり

桜散る筵にうつろふ老聖母

春風にスカーフ無心の絞死化戯

春寒に子ら頬骨を赤く染め

塩垂れし心に桜花の酒を注ぐ

血の川を塩吹きわたる朝の月

（30号、二〇〇六年六月）

女児とどくだみ他

つめくさやつまらな草《さう》とつまみ鳥《とり》

どくだみの緑灯ひそと蟻の路地

女児泣くやどくだみ何故にしをらしき

女児泣くやどくだみの花肩すぼめ

女児泣けばどくだみ壇を下りてくる

新道に肩身せまげた獅子歯草《ダンドゥリオン》
＊dandelion は英語でたんぽぽ、仏語原義は獅子の歯

面妖なさては緬羊乳《メンヨウ》のチーズかな

跡形も無かれ去年のわが夏着

春着掘れば去年《こぞ》の冬着が層をなす

九度《ここのたび》もひとに別れて秋夜長

苦々しげなる九月の髭親爺

ハタと首をかしげそこねて欠けた月

白髪の巨女自転車九月《ながつき》行く

青家族赤家族九月の路地を行く

蟬しぐれ降りしきりたる青銀河

ツクツクと歌ひあげくの包丁ぶし

片頬は夏に笑み片頬は冬の貌

（31号、二〇〇六年九月）

秋冬の貧しき食品抄

冬の夜半寝覚めれば地震《なゐ》の音深し

枝一本跳ねてとび立つ四十雀

千本の針踏み敷いて待つ千鳥

逝く秋に婆となるべき美女もあり

冬鴉半切のパンをつかみ居り

2007

波連草のサラダに鉄と血のにじみ

秋咲きのタンポポの根のほろにがき

干柿をけぶれる霧の渋みかな

白々と渋き霧おほふ市田柿

冬には掻き卵《スクランブル》わびしき渇きに耐えるべし

男爵芋《だんしゃく》は中空《うつろ》の病巣に息を飲む

山積みの玉葱に悲しき冬の雨

鰯の首を絶てば蛇口の涙雨

ザボン切って壁の厚きに魅入らるる

山茶花《サザンカ》は山茶《ツバキ》もどきを悲しめり

十二月《しはす》には大なる袋のはやるなり

（32号、二〇〇七年一月）

物語のさなかで他

作中の子らと迷ひてはや春暁

花散って作中はまだ秋の末

桜散るも子ら難関を未だ越えず

梅花妖し作者思はず介入す

少女は泣かず作者は泣いて桜終る

落葉の穽《わな》いづくんぞ子らは気付くべき
落葉穽に少女落ちしまま冬きたる
丘陵にトリカブト*かも花鎖《ぐさり》
＊「トリカブト」、別名「烏頭《うず》」あるいは「附子《ぶし》」。フランス語では「ナペル *napel*」
南仏も北上《きたかみ》も此処《ここ》も烏頭《うず》の里
烏頭《うず》咲くと知らず少女は踏み行きし
附子《ぶし》の花ながめつつ子らはお弁当

*

冷雨止み熱ある身もほのに安らぐを

冷雨止んで雲桃いろに染まりけり

冬極み教育問題桃霞

大寒やそそと和紙踏む猫ありき

大寒や和紙にケバ立つ語のそよぎ

和紙棚に冬眠の紙魚安息す

早春は冷蔵庫に豆腐の殺意あり

（33号、二〇〇七年五月）

美女図鑑他

紫陽花は鬼面の群《むれ》に似たるかな

あぢさゐは鬼面の群の群に似る

あぢさゐは鬼面の群れの群れの群れ

雨降れば紫陽花も優しく眼を瞑《つむ》る

ぶどうの実一粒《いち》一粒《いち》に「葡萄」と書いてある

サラシ巻いて赤トウガラシと誇りけり

夏至《なついた》り悪鳥蓮華に座して居り

夏盛《さか》り老嬢の紅いよよ濃し

秋来ぬと知りてや老嬢の紅の濃き

シャキシャキと歩いて汗拭く老美孃

緋牡丹の頽《くず》れ果てたる売花かな

夏過ぎて老孃透明人間となり

豚去って久しき小屋の痩せ鼠

罪なき者は去れあじさゐの鬼苑から

紫陽花は立てるまま姿を消し逝《ゆ》けり

猛暑なればカニ食はむとて芙蓉蟹

摂氏37度超えた?とおどろき芙蓉蟹

◆以下サハリン点景

ねぢれたるハマナス紅きスラムかな

紅き花で封印されし旧工場

自由市場の売り子より赤き野の苺

罪あるは何処?ただ死屍のみか?草に鳥

否とや?・墓碑に住む蚊の無言の針

（34号、二〇〇七年九月）

秋から冬への二十あまり一句

月食へば花火が散って雨が降る

月食って雨傘できたと愚哉《ぐや》地球

傘半分人半分の雨降り月

雨降るも降らぬも九月は法師蟬

西瓜切れば九月の空を飛ぶ山椒

秋の田の刈穂を野分すさび行く

誰を鴨汁《じる》ひとにすすむべき

台風来《きた》れり屋上で椅子らの大乱舞

カマキリに船を蹴られて月泣けり

嵐近しなぜか女高生化粧に没頭す

嵐避けて船ら急坂をころげ行く

此度《このたび》は箱舟に水夫の影もなし

うどんに眼穿ちたるに黙してにらみけり

うどんに眼鏡かけたれば蛇らあざわらふ

悲しきは紅葉おろしに浮く魚眼

鮭の眼のにらむともなし荒身汁

紅葉狩る夢路さびしき羅刹の背

般若追ひ羅刹を恋ひし紅葉狩

遠方よりの訃報伝ふべき友もなし

立冬を過ぎて一人の友もなし

冬木立透かせば鬼どもの行列

（35号、二〇〇七年十二月）

擦過するもの・秋元潔追悼

冬深み時の綻《ほころ》びあきらけし
つまづきて深く折れたる時間《とき》の枝
深海に時の雪いよよ降りそそぐ
時よ更に降って海溝を埋め尽せ
時は赤き擦痕を雪にのこし行き

2008

雪てふものかつては降りと赤が言ふ
三十六方赤なる雪の糸降れり
白きもの雨《ふ》るは時霊の舟の群
春しあれば女神なりしか時の神
時の霊ら白き舟にて雨《ふ》り来たる
カシオピーア菱《ひし》の実の白きに泣くと言ふ

雪降るを摘み菜娘は罪なき子
ゆきののにつみなむすめとやどりしか
いかなる花瓶にも似合はざりける花なりき
花よ咲け花よ咲けとて花散りき
去り行くを見ざる聞かざる冬の月

君知るや
秋元潔（あきもときよし）の名に
「とき」あるを

（36号、二〇〇八年三月）

梅から雨期はさみ夏へ

ちしゃは知らず死シャという名の車行くを
梅の花ゴキと鳴る枝の肘ごとに
梅の花散っても散ってもまた灯《とも》る

梅ミチル桜チルとは姉いもと

八重桜の名前はカンザン、フゲンソウ

バイゴジジュズカケザクラも八重桜

ヤブカラシの蔓切る鎌に手向《た》け花

ヤブカラシ切捨て御免と夏蜜柑

10階からヒヨドリ鳴くやヤブカラシ

藪枯らし名残惜しげにカラス去る

スーパー跡をクローバ おほひ尽しけり

大海《わたつみ》は傾き十三夜の月昇る

十三夜と満月と海をへだてをり

函館港春夜光景ふたむかし

大潮のなぎさにえがく世界地図

潮が汐をくらひつくして次の夏

驟雨去って観光海浜に鳶一羽

◆以下、時禱補遺

雪ごしに紅の墓標見えざれと

雪さへも降らざるに墓標の立ちゆくを

否とよ汝《なれ》を雪の疎むとは知るべきを

（37号、二〇〇八年七月）

蓮と桜他　二十句

黄葉の桜葉《さくら》は味噌のごとく降る

蓮枯れてなお亀を狩る子らのあり

蓮咲くを目もくれず亀獲りし子らなりき

捕虫網を蓮に差し入れ亀獲りし

黄変せる蓮葉娘と亀狩る子

道の辺に桜葉みそのごとく群れ

黄葉を蹴ってみそさざい飛び去れり

覚束《おぼつか》な味噌に狂ひし桜かな
（商品名は「桜味噌」これで決まりだね）

秋雨止《や》みサルビヤの花みじろかず

秋雨止《や》みセキレイ孤影立ち去れり

秋雨あがり滝見る嬰児の頭寒し

秋晴れの駅前老人行き倒れ

秋晴れをケータイ老人斜行せり

ヒラヒラとビラ読む美少女は斜行せず

陽かげれば路面斜度初めて明らけし

赤頭巾被って羽根売るおばばかな

荒塩をふりし盤面《ダイヤル》に秋陽射し

嗚呼今年もまたむなしく彼岸花了んぬ
紫蘇《しそ》一本《ひともと》巨木となりて経立《ふった》ちぬ

（38号、二〇〇八年十一月）

2009

月に鳥　十六句

おぞましやカニの雲虚空《そら》をわしづかみ

「二九二十九」「二九二重苦」と鳴く冬の鳥

扉《と》を出《いづ》れば鵯《ひよどり》するどく鳴きつのる

巨きなる鵯《ひよ》来てすぐに飛び去れり

呼び合ひて嘴交《かわ》すはミヤマガラス

澄んだ声で鳴き交す番ひの冬鳥
近々と巨鵯《ひっ》悠々の毛づくろひ

切なきはこだまと鳴き交す鵯《ひよ》一羽
かの鳥は夏われに物語せし鵯か

鵯《ひよ》一羽いまはなき枇杷を偲び泣く
暗き花のあまた咲く枇杷は幻夢なるを

さにあらず花は実の実は花の夢にすぎぬ

氷雨の夜ひとはみな樹上の鳥ならずや

しらしらと冬満月の物思ひ

亡き友の恋しくもあるか冬の月

大寒や月も柿食ふ音がする

（39号、二〇〇九年二月）

花実論つづき・他

花野より実《み》の川までは時遠し
花と実の通ひ合ふべき夢路絶え
実の川はなどて花まで溯《のぼ》るべき
花の夢から実の夢までは幾歳月
赤き実ら青の岸間を流れ行く
胡瓜裂ければ紅き実の川あふれ出づ

繚乱の赤き実流るる天の川

信濃路点描

初夏なるを如何に不耕の花ばたけ

郭公のとぎれがちなる百曲り

熊に注意と口に出さねど山つつじ

山つつじ問はず語りの道しるべ

山つつじ命みぢかしと鳴く鳥よ

山つつじせり出しかねて橋となる
雉子《きぎす》鳴き頻染めしままの山つつじ
弱年の小意地に咲くか山つつじ
うらみごと盛り沢山の山つつじ
信濃路をしのぶ文字摺り落葉松《ラリックス》
梢《うれ》高く羽織かけたる藤の橋

（40号、二〇〇九年六月）

葱《ネギ》と蚕豆《そらまめ》　二十句

葱断つにまづ入念に包丁研ぎ

葱断つも葱の凹《へこ》まぬ気合こそ

葱断つは同心円の無常観

葱断つに刃こぼれせじと息を詰め

葱断つに指《ゆび》しなはせて葱おさへ

葱断てば魂《たま》切るしぶき散るものを

葱断てば眼に沁《し》む霧に虹が立つ

葱断つに一刀両断とや気負ふべき？

葱は夜縦《たて》に断ちゆけば音もなし

葱に住む水神《すゐじん》をこそ断ちませい！

＊

空豆の空飛ぶごとく首は飛び
空豆の莢《さや》に故人の寝型あり
空豆の莢に寝棺の安らけき
空豆はそらそらそらと空を飛ぶよ
ソロモンの洞窟は空豆の中にあり
ソロモン王は空豆のさやで空を飛べり

蚕豆をゆでて漏刻《すなどけい》の代用とす

蚕豆の凹《へこ》み方で銀河を分類せよ
（銀河の寿命は蚕豆の凹み方でわかるから）

つ、き、だ、し、い、に銀河団を掬ってゆでませう

（41号、二〇〇九年九月）

台所三昧　二十句

読経するネギ坊主の度胸には呆れたよ

ネギ切ってねぶり合ひしひとは今いづこ

ネギ塚に埋もれゆくネギの霊を見よ

腐れ柿にネギ挿せば戦後の廃墟と見ゆ

腐れたる牡蠣《カキ》にネギ散る廃墟かな

新米のとぎ汁散らして宇宙生ず

洋梨は腹を括って成仏

バナナなる皮を操って川流れ

排水孔に落ちる蜘蛛は救い得ず
トマトなんぞ何の意味ある星なりや？
ミニトマト断つに城市を内包す
ミニトマト潰《つぶ》せば宇宙を内蔵す
ミニトマト裏返せば宇宙に充満せり
紅苺に息詰められ御身遁走す

紅苺の複眼凝視に敵はなし

枝豆の一粒の夢を爪《つま》はじき

枝豆の一粒が孕みし夢は何処へ

ちくわの穴くぐればおでんの海に出た！

ゴーヤ南無妙法蓮華千早振《チャンプルー》る

苦い肉寒い魚そして葉物《はもの》八種

（42号、二〇〇九年十二月）

早春賦　二十句

寒空に牛蒡《ごぼう》の歯ぎしり十三夜

蓮根《れんこん》の何処《いづこ》に霊魂住むと言ふ？

蓮根は霊魂のアパートなりと知れ
（このアパート空室に寒風吹くばかり）

鰤《ぶり》のかい、かま二箇もかったらカッタラコ!?

鰤《ぶり》かい、かま二箇買ってタラコを買ひ忘れ

2010

石神に喰はれたか我が家の野蒜《のびる》

石神は女神なりしか菜花咲く

羽子板に興じる声や菜花咲く

菜花咲きつむとも見えぬ詰将棋

おひたしは菜花に限る詰将棋

菜の花のトンネルを蛇の去りゆけり

石かれい凝とにらむは石の神

新開店「石神屋」で石かれい買ふ

「石神屋」は花魁《おいらん》かれいの名も知らず

＊鰈《かれい》には、マカレイ、石かれい、赤カレイ、黒カレイと諸種あるも「オイランカレイ」こそ美味なれと、八戸の人に聞く。

牛糞も凍れば干柿と異《こと》ならず

牛糞も干柿も平べったくていいと甘し

粉を噴かぬ市田の柿をぞ愛づるべき
美味《うま》き干柿《かき》喰へば春など来ずとも可
干柿喰へば春夏秋は睡《ね》て暮らし

（43号、二〇一〇年三月）

花乱《はなづくし》考他　二十一句

1本のなづなに揺るる宙宇の灯
チェリー1箇くはへて女神の午後終る

春キャベツくりぬく刃尖がマグマ絶つ

油菜芯にメキシコ湾底の悪夢あり

月は沈みナヅナは東に芥子《ケシ》は西に

芥子《ケシ》の海揺れてなづなは落ち着かず

きじ猫のほくそ笑む五月となりぬるを

ふんどしを締めて五月の猫走る

辛抱よ辛抱よとて紅き花揺るる

半島の奥に眠る薔薇の物語

芹買ふも芹の香りは蘇《よみが》へらず

あまりにも甘き苺はふてぶてし

◆帆船考

つめたい爪で戦争がピアノ弾いてゐる

列島をうそ寒き夏の這ひ登る

淡い昼の月が懸かったまま立夏

入梅もなく能面の行列が続く

島々を踏んだり蹴ったり能面の季語ら

もう夏なのに西高東低がずり落ちる

◆五輪街道筋にて

人首《ひとかべ》要害の跡に床屋のアザミ咲く

中学のテニス選手の霊かタンポポ咲く

馬洗淵《まりやぶち》に仔馬いななきアケビ咲く

夏、また夏、まだ夏！

邪念身にまとひて文《ふみ》の月は昇る

枯葉林立最後の蓮花隠し去れり

猛暑続き法師蟬さえ恐慌す

猛暑《カニキュール》とは蟹を喰へとの天意らし

（44号、二〇一〇年六月）

シャッターをこじあけて悪魔の笑み到る

朝日とは悪魔の笑みの影法師

日輪は乾無花果《ほしいちぢく》よと鳥の言ふ

乾無花果は鳥の座すべき円座とや

柿色の嘴《くち》して椋鳥は炎暑を啄《ついば》むか

炎天下柿色の嘴《くち》でムクドリは何啖《くら》ふ

スズメ二羽飛ばず唯走る炎暑の下
鴉さえ大きく口をあけ鳴きもあへず
朝に水を夕にも水をと草が言ふ
ゼラニウムアルミの如露見て物を言へず
風を乞ひ雨を乞ひ土と草渇く
前線は半島に目もくれず北上す

（45号、二〇一〇年十月）

柿から雪へ

深き夜に片身の柿を索めしを

柿の核にひとが住むとは知らざりき

柿のへいたを剝がせばあやし汝が住居

「柿」と書けば柿の色のみひた恋し

「柿」の字に隠れしへいたの苦さかな

2011

柿恋ひて柿を食へども柿恋し

干柿と化しても地球は甘からむ

柿食めば見ざる片身ぞ思ほゆる

黒き傘さして二月の嫁御寮

黒き川の流るるはてに不知火燃ゆ

黒白《こくびゃく》を振り分け髪の雪化粧

夜さの雪わづかに花盃に残りし

夜さの雪に唯一本《ひともと》の倒れ花

猫一疋残雪蹴って遁走曲《フーガ》かな

蹴鞠猫絵からこぼれて何とする？

絵の中に雪降るを羨む阿呆な猫

（46号、二〇一一年二月）

3・11、以前と以後　十六句

●Before──

春寒は満月の中に迷仔猫《まいご》

あまりにも春遅しカラス憤激す

口曲げてじっと氷を見るカラス

春寒に辛夷《こぶし》も咲かぬとは何なのよ

何なのよ春寒にカラスはおさまらず

何のうらみがあってこんなに寒いのさ

春なのに何よと霜を蹴散らして

●After

あまりにも凄き津波…カラスは声もなし

辛夷《こぶし》咲き桜咲くもカラス声もなし

「春が来たぜ」寄する波カラスをあざわらふ

首垂れてハシブトガラス何思ふ

首曲げてハシボソガラスなに思ふ

黒鳥は藤のむすめに目も呉れず

人けなき屋上にカラスは身じろかず

「春てふもの今年あった？」と呟いて

カラス一羽海の彼方へ去りゆけり。

（47号、二〇一一年六月）

蓮花日録抄他　十六句

椋鳥《むくどり》二羽無季句つぶやき飛び去れり

餌を啣《くは》へ子を追ひかける親鳥

猛暑下に蟬の雑唱も猛々し

「恥を知れ」八月の鳥絶叫す

八ヶ月の花嫁鳥は声もなし

雷雨来ると虚報のままに酷暑逝く

雷雨とか余震とか虚実に嬲《なぶ》られて

破局三昧の裡《うち》後期高齢者とはなれり（七月三十一日）

蓮のつぼみ早くも二箇を数へけり（六月三日）

蓮のつぼみ四十七箇まで数へしか（六月九日）

蓮の開花未《いま》だ一輪のみ（六月十四日）

蓮の開花まだ僅か数輪のみ（六月十九日）

熱中症こわさに蓮池へは得も行かず

蓮の花見納めもせず夏逝くか（例年は二十日まで）

蓮花に目も呉れず小魚を漁《と》る烏

蓮の花終れば彼岸花まで更地

（48号、二〇一一年九月）

いてふ頌他　十八句

いてふ黄ばめば人らみな魚《うを》のごとし

黄葉散り敷けば人らみな蟹のごとし
銀杏《ぎんなん》を拾ふ人らみな幼児のごとし
銀杏を拾ふ人らみな母親のごとし
銀杏を食ふ人らみな餓鬼《ガキ》のごとし
銀杏は冬、人らみな鳥のごとし
この地上いてふは一本あればよし

銀杏一本あれは他に何もなくてよし
黄葉を掃く者はみな鬼子《クォーツ》なるを

＊

あかねさす人形屋のシャッターも赤黒し
ゴミ置場の珍客ムクドリの群飛び立てり
ゴミ捨場のすぐ隣にひなげしの薬局

フランス料理にドクダミのサラダ良し
高架下営巣のツバメ閃き飛ぶ
高架下ツバメの巣しきりに振動す
地下道にカフェとツバメの二重奏
地下道カフェの端に間借りの花屋さん
棒女さながらの棒状麺事務所かな

（49号、二〇一一年十一月）

蒲公英的宇宙論他　二十句

秋咲きのタンポポの宇宙は花と散る

タンポポの綿毛散るごとく宇宙散る

路肩なる綿毛健気《けなげ》に散るを耐え

かくとだに得やは宇宙も耐え切るや

耐えも敢へずタンポポ散れば嘆き深し

2012

宇宙散って深き嘆息洩らすは誰《た》そ
立春の日に大寒鬼団来襲す
梔《くちなし》の矮木寒風にさらされて
無言樹《くちなし》に寒波の蹂躪を如何にせん
零度にも凍るべき水さえ無きものを
水やれば却って凍死にも至らん

否、数枚の葉あれば生命は耐えるべし

無言にて梟の親子は津波を見守りき

里山の鳥ら津波を凝視せり

大鴉と梟と津波を見守りき

沿海州よりふくらみ垂れし寒気団

敗北の冬を襲へるもかの寒波

◆いてふ頌補遺

いてふの葉散り敷けばいちめんの碁盤

いてふの葉散り敷き修羅場の碁盤かな

木枯らしに修羅場の碁盤あとかたもなし

（50号、二〇一二年二月）

野［草／菜］三昧

七草粥に三味線《さんしん》の音色も溶けゐしか

紅菜苔の茎の堅さを噛む音か？

カラスノエンドウの紅は慢のしるしかな

スズメノエンドウの青はあまりに腑甲斐無し

この春は野芥子の咲き甲斐もなかりけり

亡き伯母の移植《うつ》せしアマナは今いづこ？

アマナの谷は疾《と》うに宅地に変り果つ

吾が移せしアマナは数日で萎死せるを

伯母のアマナは春毎に必ず花咲けり

若き日の伯母はマレーネ［ディートリヒ］に似たりけり

白菜は両断すればあまりに有られもなし

白菜は芯から先に食べよてふ

白菜はすぐ異種に染まるゆえ隔離せよと

さもなくば白菜はあまりに埒《らち》もなし

（外側から剝《む》けばただ無に帰するのみ）

（51号、二〇一二年五月）

鮭めぐり　十八句

夜は遅し辛うじてサーモンに間に合へり

北欧のサーモンはかすかに氷河の味

サーモンの刺身にうすき骨の霜

シロクマに負はれて鮭狩ったはまぼろしか

トラウトサーモンを薄切りにすれば狭霧立つ

チリの鮭は津波が乗せて走り来る

年の瀬毎に鮭の頭索めし魚屋今は亡し

鮭の眼はつねに怨みに燃えてをり

鮭の怨みは生姜で煮ても消えはせぬ

石狩の鍋を泳ぐか鮭の霊

故郷《ふるさと》の滝を遡るは鮭たちの生き甲斐

沖にゐる鮭を捕食するは罪深し

幼獣幼魚ひな鳥を食ふは罪深し

狼さへ人の児は食はず育てるを

幼き者を虐め殺す人間はいずれ滅ぶべし

＊

夜はいつも疾走して月の死を看取る

昼の月は夜通し走ったので疲れてる

秋近しアトランティック・サーモンの憂ひは深からむ

（52号、二〇一二年九月）

雨禍頻々／秋雲吟　十六句

詩を書いて柿買へば帰途は雨禍に逢ふ

冷霧中妻はＧＴ応援に夢中

ＧＴの息子のチーム激戦7位となる

大雨頻々長き残暑は過ぎし夢

南仏も北米も豪雨禍何故頻々？

雨男と余をからかひし人＊こそ雨男

＊親愛なる故Ｒ氏のこと

雨と風が夜を渡れば秋が来る

名月を見も敢ずはや秋の風

雲の峯は盛り上るのみで霜下る

荒川*は屈曲ゆえか雨禍頻々

*これは那珂川の小支流なり

秋の雲飛ぶかと見せて飛びもせず

空を飛べでなけりゃ飛ぶなと沙翁言ふ

秋雲は決して下界に眼を向けず

秋雲の眼中に人も花もなし

秋雲は風に抗らはずただ嘯《うそぶ》けり
秋雲の嘯くを聴くは烏のみ

（53号、二〇一二年十一月）

冬銀河他　十五句

冬銀河笛吹く蜘蛛の垂れさがる

千鳥《チジュリヤ》とぶ群かとぞ見る冬銀河

冬銀河の彼方へと鵜飛び去れり

ひそやかに翼を閉ぢよ明け鵜

ネギ畑踏みゆく鵜と霜柱

2013

ひそひそと鴉はネギと霜を踏む

エアコンの音やむ？　何だ冬の雨か

炭を焼く如くマッチ棒の枕焼く

月桂樹《ロリエ》みな伐り捨てし夜月桂樹《ロリエ》泣く

伐り捨てし月桂樹《ロリエ》らは夜の鳥となれり

闇の中月桂樹の霊か鴉五羽

冬を呼べ？　呼ばれて魂消《たまげ》る俺じゃない

「冬」の字のかたちして雪が降りしきる

「冬」の字のかたちしてるのはあれは猫

冬銀河を猫と鴉が渡り行く！

（54号、二〇一三年三月）

柑橘《かんきつ》幻想集・明と暗他　十六句

文旦《ザボン》の房《ふさ》から種を除くと八ヶ岳

闇はもう無数の柑橘類でできている
柑橘類とは暗黒物質《ダークマター》の別名だった！
真空を旅する蜜柑の生命綱《いのち》
春はクレモンティーヌで夏となる
デコポンの「デコ」には魔女が住んでいる
八朔の果肉に朔風の佳《よ》き苦み

そよ風がレモンの耳のうぶ毛吹き
伊豫柑の皮むけば至楽の雨ぞ降る
柑橘類は人類の狂気の兆しとか
人亡き後栄えるはひたすら柑橘類
柑橘の香は低く地表を匍っている
棺桶に柑橘の香をたきこめて

＊

西瓜堕ちて真紅の都会炎上す

胡瓜割れば Avignon が現われる

梅干の種子に住めるはわが幼時

（55号、二〇一三年六月）

猛暑篇他　十四句

＊「猛暑」は「猛猪」とも綴られ、真夏の太陽に住むという巨大イノシシ科の肉食獣なり（偽語辞典より）

人間は猛猪に飼われる虫のごとし

都会とは猛猪に飼われる人間館

猛猪はモーとは鳴くが牛に非ず

猛暑なればカラスも地上をそっとあるく

風神も雨の神も猛猪の手下《パシリ》なり

入道雲は風神の自由の女神かな

ペットボトルかざせばぼくも雨の神

（庭草をせめてうちわであをぐ神（!?））

この夏は雀も孤《ひと》り低空を飛んで居る

Zigzag に猛猪は大陸を横断す

あれよあれよ猛猪がイモヅル式に生れてくる
（猛猪らのへゝその緒《お》を煎じれば万能薬）
（猛猪らを団子にして宇宙へ棄てませう）
（いやですよいつの日か地上に降ってくる！）
（56号、二〇一三年九月）

八神渡海歌他　十七句

猛暑過ぎ徒長の芦《ヨシ》にはや風寒し

徒長せる芦を嘲《わら》ふ野川は泣け
田川面《も》に枯れ芦映して泣くを聴け
八人の仙ら風洞をくぐり行く
八人の女神の歌海を渡り行く
八人の神々冬の海を渡る
八色の虹を神ら渡り行く

八色の神よわが身を踏みにじれ
八神の歌聴いて冬の芽は伸びよ
八つの鐘火花散らして冬来《きた》る
木の子らの泡立つ空を仰《あお》ぐ季節《とき》
木の子汁かも渡る河ひとつ
木の子らの林をくぐる蟻の河

ひた走る競争用自動車《レーシングカー》の熱き帯
ネコジャラシいくら生えても猫は来ず
エノコロ草と呼ばれても犬は目も向けず
狗尾草《エノコログサ》よ芒《のぎ》のない花穂をつけてみろよ

（57号、二〇一三年十二月）

2014

長い冬他

ひたぶるに風屈曲して冬去らず

くちなしの葉虫喰《むしば》まれたまま冬続く

中東にアフリカに内戦の冬続く

市街戦紅トウガラシの寒ざらし

寒風にホイッチョーと鳴いて自転車《チャリ》をこぐ

ホイッチョーホイッチョーと鳴いて自転車《チャリ》をこぐ

猫鳴くよ猫飼ふ家もあらなくに

枯れてなほ野茨の棘のいと痛き

軍手などつらぬく野茨枯れた棘

隣家《となりや》の驕鳥ら去って蜜柑1箇

美しき少女自転車信号無視

いとけなき仔猫もすばやく信号無視
蒲公英《タンポポ》も冬陽に枯れて信号無視
少女一人信号も押さずスマホかな
（58号、二〇一四年三月）

春、カラス、そして五月

春なのに何嚇《おど》す気か積乱雲
春の嵐を耐えて桜は散らざりき

春一番を耐えて蒲公英《たんぽぽ》の綿毛飛ぶ
春の嵐を耐えて桜花は透きとほり
失神の桜は蒼ざめて散りゆけり
大鴉しきりに低く飛ぶは何故？
春の嵐近きとや鴉低く飛ぶ
一羽また一羽カラスが低く飛ぶ

低く飛ぶは昨日《きのふ》までカラスの幼鳥か

巣立ちせる鴉が大きく見えるだけ？

鴉去り桜桜桜であとは夏

くちなしの若葉漸《ようや》く目ざめけり

五月来随所に黄なる小さき花

雁来紅《はげいとう》の病葉《わくらば》に獅噛みつく黄花ども

カタバミの葉の海に沈む黄花たち
花も葉もみな小さきは長き冬の所為《せい》？

（59号、二〇一四年五月）

蟬しぐれ他　十三句

青信号駆け抜ければ降るは蟬時雨
うんざりだ！時の歌消す蟬時雨
自転車《チャリ》駆って危《あや》ふく逃げ込む蟬時雨

石塊に貼付いた蛁蟟*はビンビンと鳴く

*みんみんぜみ

四十肩ならぬ七十肩で夏極み

深々と葡萄稔るも蚊帳の内

25℃線を上下して秋よそろそろ立ちませい

25℃も斑白《まだら》ブドウはただ嚔《くしゃみ》

ひたすらに夏蜜柑は降ってなほ秋立たず

くちなしの初繁茂は虫よけの功なりや

否とよ出没せる猫の功

ミルキー*の墓地に出没するはその裔《すえ》か

*十四年前に死せる我家の猫の名前

台風去るも雲入道らの乱舞かな

（60号、二〇一四年九月）

鳥獣戯画のために他　十四句

小春日の暮れる速さには鳥も唖然

夜鳥低く公園の底を馳せ去れり
霜月の霜も待たずに逝《ゆ》く鳥か
まだ青き蜜柑吊るして孤鳥去り
家のなき猫の母子の眼は暗し
秋深く家なき猫らの眼は暗し
ミゾソバの花の苔敷き冬近し

猫の額をミゾソバ飾れ冬近し

葉の蔭で遂に熟さぬブドウ果屍

鳥も喰はぬ種なし柿の種の哀歌《ウタ》

柿の実の落ちて初めて種子泣くを

寒風に孤鴉露地に入れば万犬吠ゆ

ゼラニウムの鉢蹴ってチビ猫遁走す

丹念に種子《たね》去《と》りし西瓜の味気なし

（61号、二〇一四年十二月）

《十三夜》讃他　十三句

おどろいた！　三月《やよい》の月の薄いこと

十三夜の月は爪でも剥がせそう

十三夜の月余りにも薄し早春譜

早春こそ十三夜の月のはかなきを

朝零度午後18℃とは季語如何に

2015

西空に十三夜の月の成れの果て
頼りなげな三月十三夜の月に胸いたみ
それにしても三月十三夜の月は醒めた貌
夏空では十三夜の月も威風猛《たけ》かりき
十三夜も十六夜《いざよい》の後は忘れ去られ
せめて夏深夜便で「十三夜の月」歌ってよ

月に一度は「十三夜の月」の特集を組みまほし

十三夜こそ過去も未来もなき夢の刻《とき》

（62号、二〇一五年三月）

群生植物栄枯論のこころみ他　十二句

花多きゼラニウムに不穏の噂《うわさ》あり

くちなしの枯れ花互にしがみ付き

夏蜜柑堕ちてもヒヨドリは飛び立たず

夏蜜柑堕ち雲間に月見えず

野茨の群は鉄条網よりも危険也

くちなしの森をヤブカラシの蛇行かな

やぶ枯らしとそしられる渠《かれ》の赤茶色

花枯れてなほくちなしの悔い去らず

花群の色香も遠きドクダミ忌

ドクダミの深みに実《じつ》は山椒あるを

＊

蕺菜《どくだみ》てふ名など忘却の深緑

＊

無花なるは絶滅危惧種のゼラニウム？

（63号、二〇一五年八月）

野菜づくし　又はグリーン三昧　十一句

かひわれのひげ根一毛に朝日射し

おかひじきも長髪と折ればば斬りやすし

挽き肉にきぬさやのせて小春めき

どくだみは根に薬膳の秘伝とや

かひわれのひげ根に蚊化粧の決め手あり

茄子の種は実の中に居て何思ふ
トマトの種は実の中で何を恥らふや
西瓜の種は実の中で何をか夢に見る
緑なるオリーヴの実は1個が海である
何の海——ポリフェノールの海なのさ
蟻の海はオリーブ・オイルで出来て居る

（64号、二〇一五年十一月）

冬の終りの方へ　十三句

冬の鳥闇夜に何かとけたたまし

冬の鳥何ゆえぺたぺた路地歩く？

冬極みヘリコプターも喘ぎ居り

冬極み何処を徘徊するや春の奴？

冬極み途方に暮れたか春告げ鳥

2016

冬将軍居坐るならせめてウタ歌ってよ
あんたは偉いもうわかったよ冬将軍
冬将軍常夏の国さ行げば神様よ
冬の月は見向きもされぬが美形だよ
冬の月美形はわかったまた来年ね
冬空を銀河鉄道はさまよふか

冬鳥も銀河鉄道の夢見るとか
冬過ぎて夏来にけらし春抜きで
（65号、二〇一六年三月）

春嵐、小雪、そして突然の夏　十六句

春嵐黄沙に月も眉ひそめ
黄沙では人工衛星もえ見定めず
春嵐に換気扇はただ咳《しはぶ》くのみ

黄沙浴びゼラニウムは赤き顔そむけ
春嵐は除湿機に水溜めて御満悦

＊

夏、突然、風と緑と鳥の歌！
「五月《メイ》」と言ふ語の隅々に夏が居る!?
深夜雪、次は嵐で、今日真夏！

＊

暗い眼の野良猫家族ら疾って夏となり
四疋ほぼ背丈もそろって夏祭り？
旧暦なら五月が夏は当り前
まず白蓮、次が桜で、いま濃緑
夏前にあたしゃ咲くよと黄パンジー

夏の前にあたしが来るわと梅雨《つゆ》怒る

梅雨前に夏草を刈るは無法者

夏はまだお化粧中さと梅雨《つゆ》婆さん

（66号、二〇一六年六月）

二十一世紀の現未来　十三句

天頂に三日月とは！　驚けば頸が痛むのみ

仰ぎ見れば立体の月が雲と小競り合ひ

豪雨パタ、タとやめば足下に深い井戸

ドクダミの密林にクチナシの花は眉ひそめ

隣家の蜜柑雨と降り鳥さわぎ

密林とは蜜柑林のことかと辞書にメモ

雷鳴やまずエレベータ使用もままならず

猛暑中公園に子供等の太鼓が鳴るばかり

紫陽花《あじさゐ》を擦《かす》めて餓鬼《ガキ》の自転車《チャリ》突走る

藁帽子のひも、を頸に猛暑を駈け下れ

青葉蔭に葡萄《ぶどう》の房は全く色付かず

＊

列島を猛暑と熱中屍が雁行

人の世は自業の熱に沿って滅亡へ。

（67号、二〇一六年九月）

冬に問ふ　十一句

超満月は雲が厚くて目も向かず

一昨日《おととひ》の十三夜矮《ちひさ》かりし訳《わけ》もこれか

火曜日の雑草苅不充分のせいもあり！

「天国はある？」てふ問《とひ》の寒さに窓閉ざし

秋野菜あまりの高値超満月

冬枯れの競輪場に落葉舞ひ
枯れすさびコスモスなほも紅く媚び
八百屋レジ白菜ら乾いてそそけ立ち
シナモンの切れ目で褪色パンは錆び
駅地下のスーパーさびしも月のせい？
稲妻に雷鳴も添はぬは誰のせい？

（68号、二〇一六年十二月）

天竺葵《ゼラニウム》讃　十二句

春一番天竺あふひをよぢりける
よぢられしあふひの端に花芽吹き
おどろきは風魔に耐えし葵《あふひ》かな
春嵐も天竺葵《あふひ》を滅し得ず
日照はわずか5分《ふん》の偽春日

2017

寒風を耐えて花伏すゼラニウム

更地化せる盛土でにらみ合ふ毛無し猫

北風吹き荒《すさ》ぶコンビニでおでん買ひ

北風荒みコンビニおでん品薄に

寒風や小銭数えておでん買ひ

寒風や背高き外人がおでん買ひに

十三夜の月を仰いでおでん買ひに

梅雨《つゆ》おそし

（69号、二〇一七年三月）

棚は朽ちて葡萄樹はたくましく地を仕切る

葡萄蔓《づる》よお前もわが猫の墓守《も》りか？

猫の墓を護るのはおれとTVアンテナよ

否それはおれたちと野イバラ群

くちなしはただ黙然と風に揺れ

かつて風靡《ふうび》せる枇杷の子孫は今何処《いづこ》？

百円店のレジになびく女児らが然《しか》らずや

赤黒きまぐろ握り鮨は怨《うら》みがまし

新スーパー親子連れ客は煩《わずら》はし

新スーパー生野菜の出所がまぎらはし

（70号、二〇一七年六月）

前衛句の試み（いまさら?）

赤ボタン押せば九《く》の出るリンゴ欲し

黒神と花神の咲くボタン園

深夜便はしるひびきのダリヤ園

赤子泣く雲見やぐらが秋景色

小走りに赤魚の孫よ成仏おし

赤魚の餌になれよと鳥のゆめ
赤魚と夢を張り合う秋支度
くもの仔が魚取り合う十月篇
船が飛ぶ鳥もとぶとぶこの季節

（71号、二〇一七年十一月）

冬枯れ百態から

冬枯れのくちなしに水一雫が神

庭の隅にうずくまる木の根は吾らが愛猫の骨

せっぱ詰まったら危うし冬の夜の瓦斯《おなら》

火事の元だけは消せよ真冬の夜の瓦斯《ガス》

トゲのない野茨はそも偽物よ

2018

種子のない柿はそもそも柿でない
種のない魔術は魔術でないように
種のないウソがウソでないように
種明かしされた魔法が魔法でないように
冬枯れのくちなしに水やるのは残こくよ
1粒の薬に優る知恵ありや？

薬品は無限宇宙をひた走る

〈薬価〉とは物の値打と別の格

冬枯れの猫じゃらしにまさる神ありや？

（72号、二〇一八年三月）

春雪祭

春祭は空飛ぶガンから雪が降る

否、あれはガンモドキから降るやつさ

否、あれは空飛ぶ河馬《カバ》の悪《いた》ずらよ
カアカアカア、あれは春の猫の合言葉
猫の？　あれはカラスの雪の歌
否！　猫ならばニャアニャアじゃあないの？
否！　春は　猫とカラスの化《ば》かし合い
この春は空飛ぶ河馬が雪の神！

日傘さして河馬が大雪ふるまうのさ！

（73号、二〇一八年六月）

法要の旅から

サルスベリの紅花ひしめく北陸路

敗戦後の引揚列車超満員譜！

北陸の山路つらぬく幼時録

水害のあと田は涸《みづか》れて単線行

嶺線は海遠からぬにただ虚緑
沿線の立看板消失は秋風ゆゑ？
半世紀のわが教鞭は今何処？
大統領に「凮」てふ名のカフェありき⁉
ベルギーの美味なるパンが忘られず…

（74号、二〇一八年九月）

病前吟　十句

青汁に舟の漕ぎ出す11月

北の海を裂く帆柱の蛙旅

油蟬閉じた梢の袋あし

猫じゃらし死ぬまで自転車ひとり旅

夕暮れにトマトつぶして子らの唄

地平線雪ちらついて星月夜

バナナ買ふ母の生命にャキリもなや

寸芒も果てなき刺し身もり上げて

夕食をはじめる時が眠る汐《しほ》

超音波の溶かす雫に傷癒えて

（75号、二〇一八年十二月）

2019

乱作・〃猫まみれ〃　十四句

猫じゃらしとよばれし記憶こそウソじゃらし

じゃらせる?・と今はただもう猫かぶり

猫ならばじゃらして見せよと猫かぶり

四匹のどれが母親《ハハ》かも今や不詳

白と黒のまじり具合は北風次第

御近所の何処《どこ》も冬猫の家は嫌《いや》だとよ

四匹が白黒ばかりじゃ無季句だわよ

白と黒だけになっても世界平和？

猫ッ可愛がりさせるばかりじゃ地獄なみ

春の夜は巷《ちまた》も星の猫狩りよ！

日光を浴びて猫をん狂のばし

猫は猫犬なら犬ならいぬの涙橋
次の冬は犬じゃらしの野原で遊びませ
次の冬は猫のコックに任せませう

（76号、二〇一九年四月）

marie

後記

恋しい君へ　わたくしを愛してくれてありがとう。ふたりの子供を授けてくれてありがとう。子供たちを連れてヨーロッパを巡った旅の数々に感謝。虚弱体質のわたくしのため、数々の家事をこなし、詩人、評論家、児童文学作家、翻訳家、大学での授業などだけでなく、最も素晴らしい偉業、宮沢賢治校本全集をはじめ様々な賢治関係の仕事は、共に検証をして下さった、入沢康夫氏と共に、日本にいや全世界に取り想像だに出来ない宝物である。普通の人の百倍生きた君を愛す。いつまでもふたりで一緒に生きましょう、死ぬまで離れずに、愛し合いましょう。どうか百迄生きてください。そして同時に死にましょう。

この度高橋睦郎先生のお陰で運よく思潮社から出版の運びとなった、『アマタイ句帳』は、一九九八年から約二十年、横浜から出現した同人雑誌「蜻蛉句帳」の退二郎の部分だけを抜き出しそれを一冊の本にまとめたものである。「蜻蛉句帳」81号に「凶区」の友人の高野民雄氏が詳しく書いて下さっているのでそこは省略する。初めて発行されたのは横浜の鳥巣敏行氏の自宅であった。秋元潔に命じられてと鳥巣さんは仰っているが、同人から集まった原稿（俳句約二十句原稿には必ず日誌が付いていて詠んだ頃の俳人の背景を記してあった）をプリントしホッチキスで止め百冊ほど製本し、年に二回各自に数冊を郵送して下さった。

今回で最後になりましたがというので、わたくしは初めて退二郎の俳句を読んだ。数年前ＮＨＫの俳句の番組に出演した時「あれえ？退二郎は句も詠むんだ！」と、わたくしが驚きましたところ、「遊んでるだけ！」ニヤリと笑った。時々わたくしが登場するのも嬉しいことである。内容は一応ＤＥＡを持っているわたくしでも分からない句もあるが、まず大詩人高橋睦郎氏に読んでいただき出版できる代物かどうか判定していただきＯＫを獲得した。更に本にするには日誌は省略し、句だけを並べた方が一貫性があって良いだろう。あふれる肩書きをちりばめる宇宙人吉増剛造氏と俳人の関悦史氏、勝手に兄と呼んでしたっております高橋氏の三人に解説を書いていただけるようにご手配をいただきました。感謝の言葉も見つかりません。お忙しいところ思潮社の方々のご協力をいただき大変ありがとうございました。本人は散歩中道路で転び言語中枢を負傷し只今入院中でございますが、『アマタイ句帳』が出来ることを心より楽しみにしております。高橋先生をはじめみなみな様には本当にご苦労をおかけいたしました。最後にコピーをあちらこちらに郵送して下さった、賢治学会の栗原敦氏には謝謝。日誌を付録のような本にするのにご協力お願いいたします。句帳の話が進み始めると退二郎もかなり出てくる言葉数も多くなり回復が見込めるかも知れないと思えるようになりました。

母痴れて芭蕉きたりとそをたたふ

モナムール　君有らばこそ　生めやも

二〇二二年五月　マリ林

天沢退二郎　あまざわ・たいじろう

一九三六年生。東京大学在学中に第一詩集『道道』を刊行し、一九六四年、渡辺武信、鈴木志郎康らと同人誌「凶区」を創刊。フランス文学の研究者であると同時に、宮沢賢治全集の編集・校訂など賢治研究でも知られる。詩集に『朝の河』『時間錯誤』『目に見えぬものたち』（藤村記念歴程賞）『《地獄》にて』（高見順賞）『幽明偶輪歌』（読売文学賞）ほか多数。評論集に、『宮沢賢治の彼方へ』『エッセー・オニリック』等があり、また『光車よ、まわれ！』等で児童文学作家としても高く評価されている。訳書にはジュリアン・グラック『大いなる自由』『フランス中世文学全集』（新倉俊一、神沢栄三との共訳。日本翻訳出版文化賞）『ヴィヨン詩集成』（日仏翻訳文学賞）等がある。明治学院大学名誉教授。

アマタイ句帳《くちょう》

著者
天沢退二郎《あまざわたいじろう》
発行者
小田久郎
発行所
株式会社思潮社
〒一六二―〇八四二　東京都新宿区市谷砂土原町三―十五
電話〇三（五八〇五）七五〇一（営業）
〇三（三二六七）八一四一（編集）
印刷・製本
三報社印刷株式会社
発行日
二〇二二年七月三十一日